AF345368

पद्मश्री प्राण

मॉरिस हार्न, वर्ल्ड एन्सायक्लोपीडिया ऑफ कॉमिक्स के एडिटर ने कार्टूनिस्ट प्राण को 'वाल्ट डिज्नी ऑफ इंडिया' कहा है।

उनकी कॉमिक्स पीढ़ी दर पीढ़ी बढ़ते हुए नौजवानों की हमेशा साथी रही हैं। उन्होंने अपने कैरेक्टर्स 'चाचा चौधरी, साबू, श्रीमतीजी, पिंकी, बिल्लू, रमन' इत्यादि के मनोरंजन का भरपूर लुत्फ उठाया है। उनके 600 से ज्यादा टाइटल्स मार्केट में बिक रहे हैं और दर्जनों स्ट्रिप्स न्यूज पेपर्स में छप रहे हैं। चाचा चौधरी पर आधारित एक टी. वी. सीरियल के लगातार 600 एपिसोड तक एक प्रमुख चैनल पर दिखाए गए।

विश्व के कई देशों का भ्रमण कर चुके, प्राण को 'लिमका बुक ऑफ रिकॉर्ड्स' ने 'पीपुल ऑफ द ईयर अवार्ड' से सम्मानित किया है। 1983 में उनकी कॉमिक बुक- 'रमन, हम एक हैं' का विमोचन तत्कालीन प्रधानमंत्री श्रीमती इंदिरा गांधी ने किया।

प्रकाशक

बाय ! आगे से मुझे कभी ना मत कहना ।

ऐ, चूहे ! रुक ।

जरा मेरे जूतों के फीते बांध देना ।
भोंदू ! मैं तुम्हारा नौकर नहीं हूं ।

मुझसे जुबान लड़ाता है ।

सॉरी, भोंदू दादा ! मुझसे गलती हो गई ।

कमजोर लोग सिर्फ़ गुलामी के लिए होते हैं ।

दुबले को हर कोई दबाता है ।
कसरत कर बलशाली बनो ।

अगले दिन...
जोज़ी ! आज फिल्म देखने चलें ।
सॉरी ! मेरे पास टाइम नहीं है ।

मुझे बैंबो के साथ मूवी देखने जाना है ।

बेबी ! क्या यह आइस्क्रीम स्टिक तुम्हें तंग कर रहा है ?
नहीं, बैंबो !

आओ, डियर थियेटर चलें।

सरसराट ट !

आजकल लड़कियां बॉडी-बिल्डर लड़कों को पसंद करती हैं।

हम जैसे दुबलों को योगा और मेडिटेशन में बिज़ी हो जाना चाहिए।

मैं सिक्स पैक्स बनाऊंगा, तभी सब मेरी इज़्ज़त करेंगे।
बिल्लू जो ठानता है, वह करके रहता है।

गामा उस्ताद ! मुझे सिक्स-पैक्स बनाने हैं ।
मेहनत करोगे तो जरूर हो जाएंगे ।
GYM.

कपड़े बदल लो ।

मैं तैयार हूं ।

शाबाश ! जितना पसीना निकलेगा, उतना अच्छा है ।

सांस फूल रहा है।
लेकिन मैं करके रहूंगा।

बिना रुके पचास बार करो। मांसपेशियां मजबूत होंगी।

तड़ाक के !
आऊ ऊ !

धड़ाम मा !

यह प्लास्टर तीन महीने रहेगा।

सिक्स-पैक्स के चक्कर में पहले के कमजोर पुर्जे मत गंवा बैठना।

6

प्रा०1
चाचा चौधरी
और
क्रिस्पी का जादू

WASHINGTON

चाचा चौधरी
और
क्रिस्पी का जादू

AIRPORT

चाचा चौधरी !
हम सुबह इतने सवेरे
हवाई अड्डे की तरफ क्यों
जा रहे हैं ?

हवाई अड्डे की ओर।

क्या कोई
विशेष व्यक्ति
आ रहा है ?

AIRPORT

हम यहां वाशिंगटन स्टेट,
यू. एस. ए. से आए - एक बहुत खास
व्यक्ति क्रिस्पी को लेने आएं हैं।

Inspired
minds

WASHINGTON
No other apple
comes close.
apples@scs-group.com • bestapples.com
facebook.com/WashingtonApples.India
twitter.com/WApplesIndia

WASHINGTON

इससे पहले मैंने यह नाम नहीं सुना ।

वाशिंगटन स्टेट में विश्व के सर्वोत्तम सेब पैदा होते हैं ।

पैसिफिक उत्तर पश्चिम अमरिका, वाशिंगटन में 1,70,000 एकड़ में फैला सेबों के उत्पादन का क्षेत्र है ।

यहां के सेब विभिन्न प्रकार, स्वाद और रंग के होते हैं ।

आपके तेज दिमाग का रहस्य 'हर रोज एक सेब' खाना है ।

समुद्री सतह से 3000 फुट की ऊंचाई पर ये लोग सेबों को ताजा और खनिजपूर्ण पानी से सींचते हैं ।

Tasty delight

WASHINGTON
No other apple comes close.
apples@scs-group.com • bestapples.com
facebook.com/WashingtonApples.India
twitter.com/WApplesIndia

WASHINGTON

मुझे भूख लगी है ।
वह रहा, हमारा दोस्त क्रिस्पी ।
भारत में आपका स्वागत है ।

Wholesome health

WASHINGTON
No other apple comes close.
apples@scs-group.com • bestapples.com
facebook.com/WashingtonApples.India
twitter.com/WApplesIndia

WASHINGTON

मुझे विशेष सूत्रों से पता चला है कि क्रिस्पी अमरीका से भारत आ चुका है।
उसका अपहरण करके हम अच्छी रकम वसूल कर सकते हैं।
रुको, हम क्रिस्पी का अपहरण करने जा रहे हैं।
हम ने सुना है कि तुम वाशिंगटन स्टेट से सेब लाए हो।
वे डगडग के पिछले हिस्से में रखे हैं।

WASHINGTON
No other apple comes close.
apples@scs-group.com • bestapples.com
facebook.com/WashingtonApples.India
twitter.com/WApplesIndia
Washington Apples are a delicious source of dietary fiber which helps aid digestion and promotes weight loss.

No other apple comes close.

apples@scs-group.com • bestapples.com
facebook.com/WashingtonApples.India
twitter.com/WApplesIndia

WASHINGTON

ओह ह !
धड़ाक् क !
आऊ !
बड़ाक् क !
वे कहां चले गए ?
मैं एक सेब खाता हूं।
क्रिस्पी, आपका भारत में स्वागत है।
सीधे वाशिंगटन स्टेट की जेल में।

Washington
Apples

Wholesome health

Healthy eating doesn't get better than this.
Every bite of Washington apples is filled
with juicy goodness.
So go ahead, take another bite!

बिल्ल-पेंटर

उस्ताद! यह किसकी तस्वीर है ?
यह मेरे परदादा राय बहादुर शमशेर सिंह जी की ।

और यह दूसरा चित्र किसका है ?
मेरे दादाजी, दिलेर सिंह जी का ।

और यह तीसरे फ्रेम में कौन हैं ?
मेरे पिताजी, दबंग सिंह जी ।

तुम भी अपना ऐसा चित्र बनवाओ।

रुस्तम-ए-हिंद बजरंगी का शानदार पोर्ट्रेट।

कोई अच्छा पेंटर ढूंढ़ ना होगा।

बजरंगी! वह चूहा बिल्लू पेंटिंग करता है।

उससे तो मैं अपनी पेंटिंग मुफ्त में बनवा लूंगा।

चूहे! रुक।

यहां से गुजरने का टैक्स देना पड़ता है।

अभी तो मेरी जेबें खाली हैं।
टैक्स नहीं है तो तुम्हें मेरा एक बढ़िया सा पोट्रेंट बनाना होगा।

मगर... मैं तो...

नो इफ... नो बट !!

ठीक है, जैसा तुम चाहो।

मेरे साथ आर्ट स्टूडियो चलो, वहां तुम्हारा चित्र बनेगा।
वाह !

अंदर चले आओ।

बिना हिले-डुले इसी एंगल में बैठे रहना।

बिल्लू! मेरे नैन-नक्श सुंदर बनाना।
मैं अपना सारा टैलेंट लगा दूंगा।

मेरी रौबीली मूंछों का खास ध्यान रखना।

बेफिक्र रहो। कुछ भी नहीं छूटेगा।

तस्वीर तैयार है ?

मैं अपना सुंदर पोर्ट्रेट देखने को बेकरार हूं ।

यह क्या ? मैं ऐसा तो नहीं दिखता ?

मैं रियल नहीं, मॉडर्न आर्ट बनाता हूं ।

मेरा चेहरा बिगाड़ने की सज़ा ।

बिल्लू
हैप्पी दीवाली

दोस्तो! देखो, पांच सौ बम वाली लड़ी।
वाह!
बहुत बढ़िया!

यह लड़ी पूरे बीस मिनट तक जलती रहेगी।
वाकई?

मेरा दीवाली स्पेशल लार्ज़ एटम बम।
वाह! काफी बड़ा है।

मेरे बम का धमाका धरती हिला देगा !
मेरी लड़ी धमाल कर देगी !

बिल्लू ! तुम्हारी आतिशबाजी कहां है ?

हो ! हो !! लगता है बिल्लू को इस दीवाली पर कड़ कीआ गई है ?

मेरा पटाखा देख तुम हक्के-बक्के रह जाओगे । अभी लाया ।

यह देखो मेरी हवाई ।

इतना बड़ा रॉकेट ?
क्या चाइनीज़ है ?
यह है, मेक इन इंडिया !

अब तुम देखना मेरी यह हवाई आसमान छुएगी ।

ब रू म म !!

घराटें !
ओह, कोई रोको इसे ।

वह कहां गया होगा ?
अमेरिका में ।

22

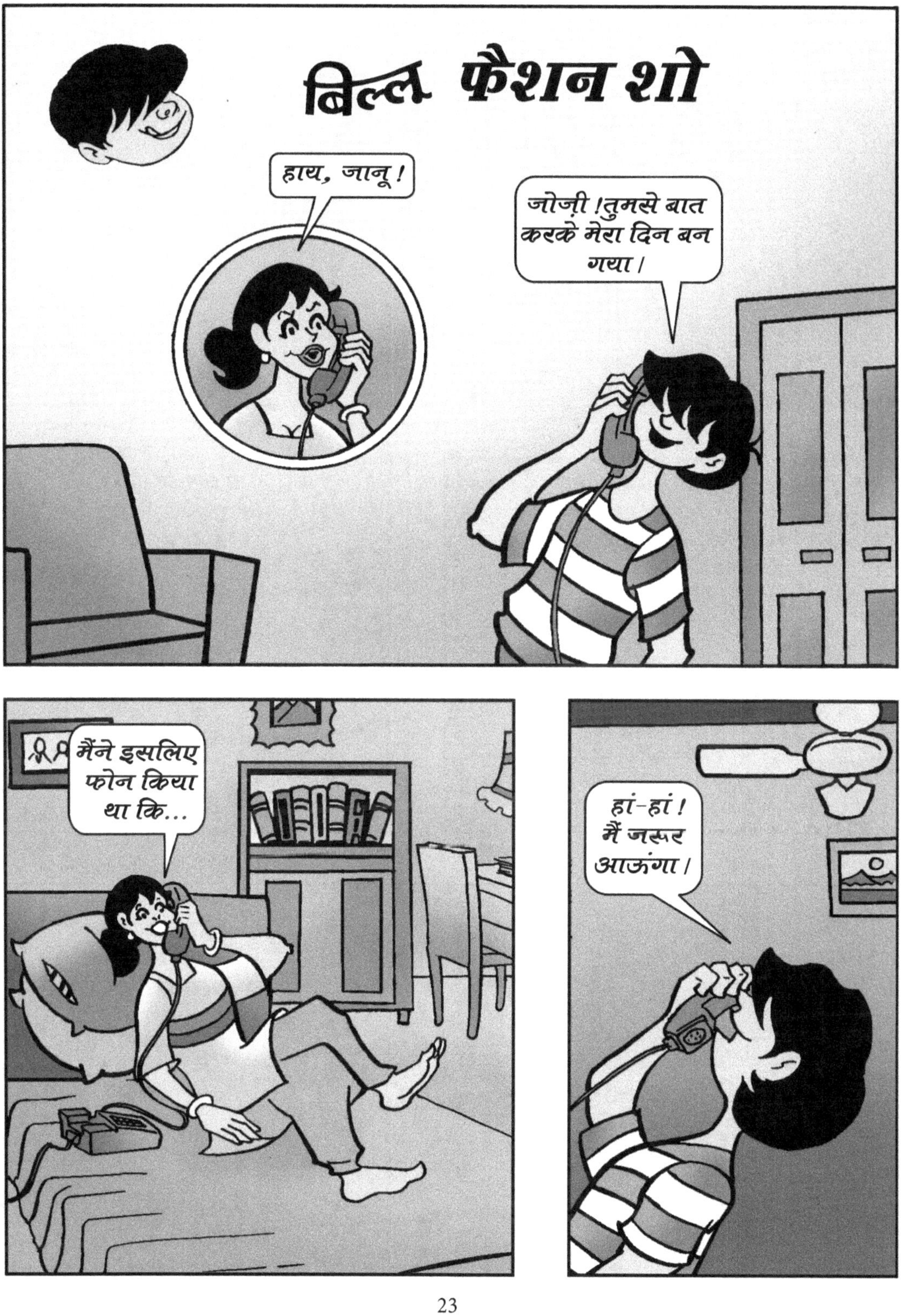

बिल्ल फैशन शो

शाम को...

बेटे ! कहां जाने की तैयारी है ?
जोज़ीफैशन शो में हिस्सा ले रही है ।
उसने मुझे आमंत्रित किया है ।

गर्लफ्रेंड के लिए तो यह पेरिस भी चला जाएगा ।

अहा ! जोज़ी की कैटवॉक देखना अलग ही नज़ारा होगा ।

दोस्त कहां चले ? यह तो क्रिकेट प्रैक्टिस का समय है।
क्रिकेट से ज्यादा फैशन शो महत्त्वपूर्ण है।

है ??

MISS WORLD
मैं सही वक्त पर आ पहुंचा हूं। एंट्री हो रही है।

वाह ! प्रिटी लुक !
तालियां !

प्रिटी लुक !

ओह ! मेरा पैर फिसला !
भरसाट !

धड़ाक कि !
आऊ ऊ !

यह शो यादगार रहेगा !

बिल्लू का गिफ्ट

बिल्लू! कहां थे, एक हफ्ते से दिखाई नहीं दिए। तुम्हारा मोबाइल भी नॉट रीचेबल जा रहा था।
गब्दू! मैं विदेश घूमने गया था।

वाह! विदेश यात्रा!

गप्प हांक रहा है। अपने मामा के यहां रानीखेत गया होगा। विदेश टूर?

मैं सच कह रहा हूं।
कौन से देश में गए थे ?

मेरे फेसबुक फ्रेंड पीटर ने मुझे नॉर्वे घूमने बुलाया था।

वह नॉर्वे के शहर ओसलो में रहता है।
GARMENT'S

सफेद झूठ।

मैं एक सप्ताह ओसलो में रहा।
अच्छा, बताओ ओसलो शहर दिखने में कैसा था ?

वहां ऊंचे पर्वत थे...

बर्फ से ढकी पहाड़ियांऔर हरी-भरी वादियां।

बीच-बीच में स्नोफॉल भी हो रहा था। वहां बर्फ से ढके घर, सड़कें और पेड़-पौधे थे।

ऐसा तो भारत के हिल स्टेशन पर भी हो सकता है। हो सकता है, तुम कश्मीर गए हो ?

यह देखो, मेरा मोबाइल स्टेट्स।
मैं अपने दोस्त के साथ ओसलो में।

वहां कई लोग पैरा ग्लाइडिंग का मजा ले रहे थे।

वहां हमने पैराशूट ग्लाइडिंग का मजा लिया।

ओसलो से हम दोस्तों के लिए क्या गिफ्ट लाए हो?
ऊंची बर्फीली चोटी पर अपना तिरंगा लहराया।

H &SONS
हां भई!

आदमी कहीं से घूम कर आता है, तो मित्रों के लिए उस जगह से कोई-ना-कोई तोहफा जरूर लाता है।

जब मैं जम्मू जाता हूं तो तुम्हारे लिए मेवे लाता हूं।
जब मैं चाचा के यहां आगरा जाता हूं तो वहां का पेठा सब दोस्तों में बांटता हूं।
तुम ओसलो से हम दोनों के लिए क्या खास चीज लाए हो ?

बुरा फंसा !

यारों ! बर्फीले ओसलो में मैंने तुम दोनों के लिए विदेशी बर्फ खरीदी थी।

भारत आते-आते वह रास्ते में पिघल गई।

बिल्लू
और मक्खियां
मम्मी ! एक कप चाय पिला दो।
बेटे । दूध पियो।

उसमें कैल्शियम होता है।
आज चाय पीने का मूड है।

ठीक है। मैं बनाकर लाती हूं।

थोड़ी देर बाद ...
यह लो मेरे लाड़ले ।

थैंक्स मॉम ! तुम महान हो ।
मस्का मत लगाओ ।

मैं नहाने जा रही हूं ।

दरवाजे पर कोई आए तो देख लेना ।

मम्मी चाय में चीनी डालना भूल गई है।

धड़ाम से !
!!
आऊ ऊ !

ओह, सत्यानाश !

ट्रिन न न !
दरवाजे पर कोई आया है।

अरे! मोना के घर में इतनी मक्खियां ?

स्वच्छ भारत अभियान चल रहा है। फिर भी इनके यहां सफाई नहीं है।
चलो, यहां से।

बाहर खुले में जाता हूं।

किससे बचकर भाग रहे हो ?
इन मक्खियों से।

एक जोर का हाथ चलाओ।

हटो ! भागो !
देखा ! सब गईं।

वे फिर से आ गईं।
पार्क में जाओ। तुम्हें छोड़ फूलों पर बैठ जाएंगी।

तुमने ठीक कहा।
भागो !

शुक्र है, मक्खियों से पीछा छूटा।

अरे! फिर से आ गई।
जबतक मुझ पर चीनी की मिठास है, ये पीछा नहीं छोड़ेंगी।

तालाब में गोता लगा लेता हूं पानी से मीठा धुल जाएगा।

छपाक!

आऊ ऊ! पानी में केंकड़ा था।

बिल्लू

नैट चैटिंग

साहबजादे ! क्या कर रहे हैं?
गर्लफ्रेंड के साथ नेट-चैटिंग कर रहा हूं ।
इंटरनेट और बिजली का बिल, कंप्यूटर मेन्टेनेंस ।

रुपए क्या पेड़ों पर लगते हैं ?

आज की युवा पीढ़ीपैसे की बर्बादी के सिवाय कुछ नहीं करती !

ओफ-हो !

क्यों मेरे लाडले के पीछे लगे रहते हो ?

नयी पीढ़ी चैटिंग नहीं करेगी, तो क्या हम करेंगे ?
अगर इसे अपनी दोस्त से गप्पें लगानी हैं, तो उसके घर चला जाए। उसके साथ आमने-सामने बैठकर घंटों गपशप करें।

मुझे इनकी बातों पर कोई ऐतराज नहीं।

लेकिन मैं यह फिजूलखर्ची बर्दाश्त नहीं करूंगा।

अभी के अभी कंप्यूटर छोडो, सहेली के पास चले जाओ।

जैसी आपकी मर्जी।

घुर्रर्र्र्र्र

मैंने बचत कर ली ।

बचत नहीं, डबल खर्चा करवा दिया ।

उसकी फ्रेंड बंगलुरू में रहती है ।

कार के पेट्रोल का खर्चा अब तुम ही भरोगे ।

बिल्लू लेट-लतीफ

ओह ! सुबह हो गई !
टिंग ! टांग !!
टिंग ! टांग !!
पापा ! पहले मुझे नहाना है ।

आज तो साहबजादे, राजधानी एक्सप्रेस बने हुए हैं !

हां ! हर रोज़ तो उसे नींद से उठाते-उठाते मेरा गला बैठ जाता था ।

शुक्र है ! आज ऐसा नहीं हुआ ।
मैं तो हैरान हो गया , कुंभकरण महाराज आज बदले-बदले हैं ।

तुम तो उसमें हमेशा ही नुक्स निकालते हो ।

बिल्लू !... फास्ट !

... और ! फास्ट !!
अब मेरा बेटा सुधर रहा है । वह एक लायक बच्चा है ।

शरीर से पसीने की बू न आती तो ड्राईक्लीन बाथ भी चल जाता।

मम्मी ! क्या नाश्ता तैयार है ?
अभी परोसती हूं।

कमाल है। जनाब तो आज ओवर स्पीड जा रहे हैं।

अब मैं समय से उठूंगा।

हर काम समय से करूंगा।

और वक्त पर ही स्कूल पहुंचा करूंगा।

जो समय की कद्र करता है, वही बुलंदी पर पहुंचता है।

बाय, मम्मी-पापा!

मैं यहां स्कूल बस के आने से पहले ही आ गया हूं।

बिल्लू! आओ, तुम्हें स्कूल छोड़ दूंगा।
डींगमार अंकल! मेरी स्कूल बस आती ही होगी।

मैं तुम्हारे स्कूल के रास्ते पर ही जा रहा हूं।
तुम्हारा समय बचेगा।

अंकल इधर से निकाल लो। यहां से शॉर्टकट है।
जैसा तुम चाहो।

यहां से स्कूल तक का आधा समय बच जाएगा।

ठीक कहा। समय मूल्यवान है, उसे बचाना चाहिए।

कार वापस लो ।
सामने से जुलूस
आ रहा है ।

अंकल ! गाडी बैक गीयर में
डालो, दूसरे रास्ते से चलते हैं ।

गाडी रिजर्व में आ गई है ।
तुम बस से स्कूल चले जाओ ।

धत्त तेरे की !
DL III

बस रोको ।
मुझे जाना है ।

बस में भीड़ है । अंदर नहीं आ सकोगे ।

मुझे हर हाल में स्कूल पहुंचना है ।

ओफ्फ !

आ गए, लेट लतीफ महाराज !

तुम आज आधे दिन तक बेंच पर खड़े रहोगे। यह देख दूसरों को भी सबक मिलेगा।
आज देरी में तो मेरी गलती नहीं थी।
दोस्तो! स्टैच्यू ऑफ लिबर्टी है, अमेरिका की शान।
यह है स्टैच्यू ऑफ लेट-लतीफी! हमारे स्कूल की शान।
हा! हा!!